Esther Kraft

Wenn die Sterne wie Rosen blühen

ESTHER KRAFT

Wenn die Sterne wie Rosen blühen

Mit dem **kleinen Prinzen** durch den **Advent**

benno

Vorwort

„Man kann nur der einen Rose helfen. Und wenn du dieser einen Rose hilfst, dann ist es so, als hättest du sie alle aufgerichtet. Dann ist es so, als ob du die Welt wieder zum Blühen bringst.“

Stellen Sie sie sich einen Tag Anfang Dezember vor. Noch ist es gar nicht richtig hell geworden, da setzt schon wieder die Dämmerung ein. Die Nächte scheinen ewig zu dauern, die Tage sind hingegen kurz. Es ist früher Abend. Sie befinden sich in einem Gartengrundstück in vollkommener Alleinlage außerhalb der Stadt. Der Wintereinbruch kam früh und den Garten überzieht bereits eine dicke Schicht Raureif. Die Natur ist erstarrt, sie scheint ihr Leben ausgehaucht zu haben. Erste Schneeflocken kündigen sich mit einem kalten Wind an. Es gibt keine Straßenlaternen, aber da ist der Sternenhimmel über Ihnen. Das Strahlen der unzähligen Lichter zieht Sie in Ihren Bann und mit ihm beginnen sich neue Dimensionen zu eröffnen. Es ist so, als würden Sie die hektische und laute Welt hinter sich lassen und in eine sanfte Stille eintauchen, die sie spüren lässt, dass der Garten einige Geheimisse in sich birgt.

Plötzlich entdecken Sie ein kleines, Ihnen unbekanntes Wesen in der Nähe der Rosenbeete. Was macht der seltsame Gast hier? Woher kommt er?

„Ich habe sie gesehen. Sie ist schutzbedürftig und schwach“, murmelt das kleine Wesen vor sich hin.

Plötzlich dreht es sich um. Kann das sein? Sie staunen nicht schlecht. Ist er wirklich zurückgekehrt? Der kleine Prinz scheint Ihre Verwirrung nicht zu bemerken. „Ich muss ihr helfen!", hören sie ihn leise flüstern. Tausend Gedanken jagen nun durch Ihren Kopf. Hätte der kleine Prinz nicht wichtigere Personen oder Orte aufsuchen können? Warum kommt er in einen dunklen, abgeschiedenen Garten? Setzt er so nicht seinen Planeten einem Risiko aus? Ihnen fallen die Affenbrotbäume ein, deren Triebe er aus dem Blick verliert, genauso die Vulkane, die nicht mehr gefegt werden. Was hat ihn dazu bewegt, seine geliebte Rose zurückzulassen? Beim Gedanken an ihren Glassturz müssen Sie lächeln.
„Die Winternächte sind kalt für eine kleine Rose!", ruft der kleine Prinz, als hätte er Ihre Gedanken gelesen. Wie ein weit entferntes Echo hören Sie die Worte aus Antoine de Saint-Exupérys Geschichte: „Die Zeit, die du für deine Rose verloren hast, sie macht deine Rose so wichtig. Du bist zeitlebens für das verantwortlich, was du dir vertraut gemacht hast. Du bist für deine Rose verantwortlich."
Dann lauschen Sie seinen Erzählungen und werden mit hineingenommen in die Geschichte seines Besuches, in seine Reiseerlebnisse und Sie erfahren, für was man sich im Leben einsetzen sollte.

Esther Kraft

Winterabend

Ich betrachtete den Nachthimmel. Größere und kleinere Lichter funkelten in der winterlichen Dunkelheit, manche schienen schon zu verblassen, andere strahlten intensiv, so, als ob ihre Zeit gerade begonnen hätte. In der Abgeschiedenheit meines Gartens, fernab der bei Tag und Nacht pulsierenden Stadt, wirkte das Lichtermeer auf eine wundersame Weise näher. Keine künstlichen Lichtquellen störten den Blick auf den Himmel und die Rastlosigkeit der Menschen schien einer tiefen Stille zu weichen. Diese mutete fast wie ein Tor zu einer anderen Welt an.

> Eben die Zeit,
> die du deiner Rose
> zuliebe verloren hast,
> macht sie so wichtig.

Es war der vierte Dezember, ein kalter, unfreundlicher Tag. Ich hatte früher Feierabend machen können und beschlossen, noch einmal in meinen Garten zu fahren. Der Aufenthalt und das Arbeiten in der Natur taten mir immer gut. Doch die Dunkelheit brach bereits kurz nach meiner Ankunft herein.

In der verwaisten Gegend um mich herum waren nur hin und wieder einzelne Käuzchen zu hören. Alte knorrige Bäume schufen im blassen Licht gespenstische Konturen. Zwischen Hecken und Büschen lief ich über die verschlungenen Gartenwege. Vor drei Jahren hatte sich der Kauf plötzlich ergeben, da die Angehörigen eines verstorbenen Patienten das Grundstück aufgrund der fehlenden Ortsnähe nicht mehr pflegen konnten und wollten. Auch wenn ich nicht wirklich viel Zeit hatte, erwarb ich schließlich das Anwesen, dessen Größe mir zumindest in der Anfangsphase wie ein kleinerer Park vorkam. Ich hatte außer meiner Arbeit nie viel im Leben gepflegt und fühlte mich tatsächlich manchmal überfordert.

Ich streifte im Vorbeigehen einen alten Kirschbaum. Wie eine eisige Peitsche spürte ich seine Zweige im Gesicht. Ich musste an den Sommer denken: Der Baum hatte voller süßer Kirschen gehangen. Jetzt erschien er mir wie tot. In der Nähe des Baumes stand eine wohl ebenso alte gusseiserne Bank, die bestimmt seit Jahrzehnten ihren Platz nicht mehr gewechselt hatte. Ich setzte mich darauf und ließ mich erneut in den Bann der Winternacht ziehen. Wie verzaubert blickte ich zum Himmel empor. Die laute Welt, die ich gewohnt war, wurde plötzlich ganz leise

und eine wohltuende Stille legte sich über alles. Ich seufzte.
Der Ruf eines Käuzchens riss mich aus meinen Gedanken. Der Vogel saß auf einem nicht weit entfernten Rosenbeet, flog aber bald davon. Meine Augen blieben jedoch an dem Beet haften. Es gehörte zu einem kleineren Rosengarten, auf den mein Patient besonders stolz gewesen war, weil er über viele Jahrzehnte angelegt worden war und im Sommer in üppigster Pracht blühte. Eine weiße Rose blühte besonders schön. Zu ihr schien der alte Herr, dem der Garten gehört hatte, eine besondere Beziehung gehabt zu haben, denn in der Sprechstunde hatte er mir häufig von ihr erzählt und was es bei ihrer Pflege zu beachten gebe. Während alle anderen Rosen nach Übernahme des Gartens weiter gediehen, schien ausgerechnet diese Pflanze immer mehr zu verkümmern. Im letzten Sommer hatte sie nur noch eine einzige, wenn auch wunderschöne, Blüte gehabt. Ich betrachtete die Rose: Sie wirkte kläglich und zerfallen. Traurig überlegte ich, warum es mir nicht gelungen war, ihr zu weiterer Schönheit zu verhelfen.
Plötzlich fiel mein Blick auf einen besonders hell leuchtenden, glänzenden Stern. Ich betrachtete ihn länger. Dieser Stern schien nun fast herauszutreten aus der Gruppe der Sterne und mich auf eine magische Weise anzufunkeln. „Vielleicht sieht er mir zu", flüsterte ich.
In diesem Augenblick funkelte der wundersame Stern in einer fast gleißenden Weise wieder auf. Es war ein seltsamer Moment. Einer der Schönheit, des Überwältigtseins. So, als ob etwas Reines unsere Welt berühren würde.

Die Sterne sind nicht für alle Menschen dieselben. Für die Reisenden sind sie Wegweiser. Für andere sind sie nichts als kleine Lichter.

Beobachtung

Der kleine Prinz ließ sein Fernrohr sinken. Aus der Ferne unzähliger Lichtjahre beobachtete er diesen seltsamen Planeten. Aber was ihn interessierte, waren nicht die Großen und Mächtigen. Er wandte sich auch nicht den unzähligen Kriegen zu oder nahm die Umweltzerstörung in den Blick. Er sagte nur leise dazu: „Sie haben nichts dazugelernt. Aber warum sollten sie? Sie machen all diese unsinnigen Dinge immer weiter und weiter." Traurig sagte er noch:„ Ich kann ihnen nicht helfen. Sie hören nur sich selbst zu. Ansonsten würden sie sich ändern." Doch es gab schließlich etwas, was den kleinen Prinzen doch immer wieder fesselte. „Sie ist so eine kleine Rose!", rief er besorgt und sprang auf. „Sie friert und sie ist so schwach." Immer wieder schaute er zu ihr und konnte sein Interesse nicht von ihr abwenden. „Warum machst du dir solche Gedanken?", fragte ihn seine eigene Rose leicht empört. „Du hast doch mich, um die du dich sorgen kannst!" Sie lächelte stolz, denn sie war sich ihrer Schönheit vollkommen bewusst und wusste, wie sie den kleinen Prinzen immer wieder beeindrucken konnte. Doch er hörte ihr nur halb zu. „Die Nächte sind kalt!", rief er und griff erneut nach sei-

Das sind schlechte Aussichten für eine Pflanze, sagte sich der kleine Prinz.

nem Fernrohr. „Du hast recht!“, redete die Rose bestimmt. „Es wäre direkt an der Zeit, mir meine Glasglocke zu bringen.“ Sie nieste einmal kräftig mit Absicht. „Denn ich könnte mich erkälten“, betonte sie mit näselnder Stimme. „Du verstehst das nicht!“, erklärte der kleine Prinz behutsam. „Du bist zu viel mit dir selbst beschäftigt!“ Die Rose wandte sich nun verärgert und verletzt von ihm ab. Zu sehr war sie erbost darüber, dass seine Aufmerksamkeit nicht mehr ihr alleine galt. Traurig dachte er: „Sie ist immer um ihre eigene Schönheit besorgt! Dabei habe ich die ihre doch schon längst erkannt. Das Einzigartige geht nicht dadurch verloren, dass wir anderes entdecken.“ Besorgt schaute er wieder zur Erde und stellte fest: „Diese kleine Rose wird die Kirschblüten nicht mehr sehen und das Summen der Bienen nicht mehr hören. Die warmen Strahlen der Sonne wird sie nicht mehr spüren und den lauen Sommerwind.“

Die weiße Rose

So alt wie die knorrigen Obstbäume waren teilweise die einzelnen Rosensträucher und man hatte sie vor langer Zeit liebevoll mit kleinen Buchsbaumhecken eingefasst. Mit wunderschönen Blüten und Gerüchen, die zahlreiche Insekten anlockten, war der Rosengarten im Sommer der schönste Ort. In dem kleinen Pavillon, der über und über mit Rosenpflanzen überwuchert war, konnte man in eine friedvolle Welt eintauchen und alle Hektik und Probleme schienen weit weg zu sein. Inmitten der Kälte seufzte ich bei dem Gedanken an den letzten Sommer. Aber Sommer vergingen auf eine eigenartige und tragische Weise viel zu schnell. Dafür kamen mir die Wintertage oft unendlich lang vor. Der Wind wurde immer eisiger und stürmischer. Mit Unbehagen betrachtete ich den Nachthimmel, der sich schnell zuzog. Ich beschloss, den Garten schnell wieder zu verlassen und den Winterkohl, den ich eigentlich hatte mitnehmen wollte, an einem anderen Tag zu ernten. Trotz meiner wärmenden Handschuhe fühlten sich meine Fingerspitzen taub an. Bis zu meinem Auto musste ich noch einige Hundert Meter gehen, da der Garten nicht an eine Autostraße grenzte, sondern mitten zwischen Feldern und einem kleinen Wäldchen lag. Gerade als ich das Gartentor zum Feldweg öffnen woll-

„Ich habe Schwierigkeiten mit einer Blume“, sagte der kleine Prinz.

te, um den Garten zu verlassen, fiel mein Blick noch einmal auf das kleine Rosenbeet mit der weißen Rose. Die Erinnerung an ihre Blüte berührte mich erneut auf eine unerklärliche Weise. Aus zartem Weiß war sie gewesen und besonders schön geformt. Nun aber ragte die kleine Rose kläglich in den Nachthimmel. Jetzt, wo sie alle Blätter verloren hatte, wirkte sie besonders jämmerlich. Vor ein paar Wochen hatte ich alle Rosenbeete mit Laub bedeckt, aber diese kleine Rose schien, als hätte sie sich aufgegeben, und ich zweifelte an meiner Arbeit. Ihr Gehölz wirkte brüchig und zusammengefallen so als ob alles Lebendige aus der Rose herausgegangen sei. Ihre Hilflosigkeit bewegte mich dazu, mich neben sie zu setzen und mit dem Finger über die zarte Pflanze zu streichen.

Scham erfüllte mich. Vielleicht hatte ich nicht gut genug für sie gesorgt. Meine Rose war dem Frost und dem kommenden tiefen Schnee nicht gewachsen. Im Frühling würde sie wahrscheinlich nicht mehr ausschlagen, wenn sie nicht einen besonderen Schutz erhielt.

Ich überlegte, was ich tun könnte und ging in die Gartenlaube. Meine Hoffnung war, dort etwas zu finden, um die Rose weiter abzudecken. Die Laube war genau-

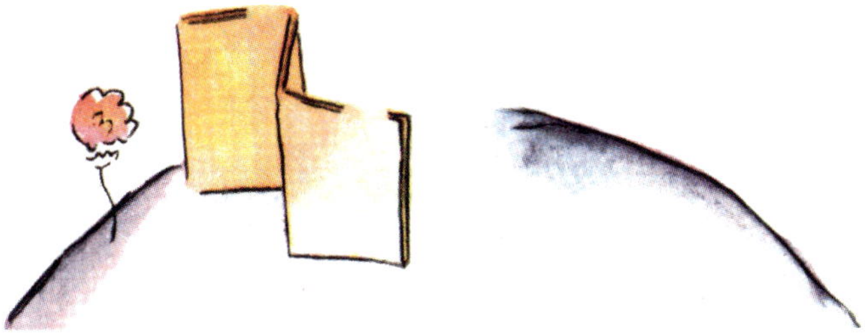

so alt wie der Garten selbst. Das Gebäude roch etwas modrig, als ich die Tür aufsperrte. Langsam schritt ich in den düsteren Raum. Schnell knipste ich das Licht an, denn Unbehagen erfüllte mich. Lange war das kleine Gartenhaus nicht renoviert worden. An den Wänden hingen immer noch die Bilder und Fotos der früheren Besitzer. Plötzlich stach mir ein Bild ins Auge. Ganz deutlich erkannte ich die weiße Rose. Es war eine alte Schwarz-Weiß-Fotografie. Ich täuschte mich sicher nicht. Es war genau dieses Beet, ich erkannte die Einfassung. Vorsichtig nahm ich das gerahmte Foto von der Wand. Unter dem Foto stand: *„Für dich, meine Rose"*. In diesem Moment fielen drei Briefe auf den Boden, sie waren auf der Rückseite in den Rahmen gesteckt und hatten sich durch das Herabnehmen des Bildes gelöst. Neugierde erfasste mich. Was die Laube und die weiße Rose wohl für Geheimnisse in sich bargen? Da der Nachmittag jedoch immer kälter und unfreundlicher wurde, beschloss ich, zuerst weiter nach einer Abdeckung für die Rose zu suchen, und legte die Briefe erst einmal beiseite. Schließlich fand ich in einem Regal ein großes Stück Jute, das ich tatsächlich im Herbst gekauft hatte, obwohl ich anfangs das Laub für die Rosen für ausreichend gehalten hatte. Nun war ich froh, denn die Jute würde die Rose besser schützen, dachte ich.

Ich habe ein sehr schönes Haus aus rotem Backstein gesehen, mit Geranien an den Fenstern und Tauben auf dem Dach.

Die Fremde

Ich zog meine Jacke wegen des eisigen Windes fester zu. Plötzlich flackerte ein schwacher Lichtschein im unteren Teil des Gartens auf. Mal wurde dieser Lichtschein stärker, dann wieder schwächer. Zuerst dachte ich an einen Nachbarn, der sich hierher verirrt hatte, doch ich konnte keine Gestalt ausmachen. Schließlich stand ich auf, ließ die Jute liegen und bewegte mich neugierig auf die Lichtquelle zu. Als ich den Garten durchquert hatte, entdeckte ich schließlich am unteren Gartentor die Silhouette einer Frau. Leicht verwundert ging ich auf sie. „Wie sind Sie in meinen Garten gekommen?“, fragte ich. Dieses Tor, das zu einem Waldweg führte, war eigentlich immer abgeschlossen. „Sie sind im Aufbruch?“, fragte die Fremde und ignorierte meine Frage. „Ich werde sicher bald nach Hause fahren“, sagte ich schnell. „Es kommt Schnee und der Wind bläst eisig.“ Die Frau hielt einen diskreten Abstand, sah mich aber freundlich an und schien mehr erfahren zu wollen. „Warum sind Sie in den Garten gekommen? Was macht man hier zu dieser Jahreszeit?“ – „Ein paar kleinere Arbeiten gibt es immer.“ Ich schaute auf meine Uhr. Die Fremde lächelte mir zu. „Ich möchte Sie nicht aufhalten“, sagte sie höflich. „Nein, das tun Sie nicht“, erwiderte ich. Ich

Überrascht begriff ich plötzlich dieses geheimnisvolle Leuchten.

musterte sie neugierig. Die Fremde sah mich ebenfalls interessiert an und holte ein Buch aus ihrer Manteltasche. „Mögen Sie Geschichten?"
Ich lächelte über diese Frage. „Leider habe ich nicht so viel Zeit zum Lesen. Ich arbeite ziemlich viel. Aber als Kind habe ich gerne und viel gelesen." –„Dann sind Ihnen inzwischen sicher viele Geschichten verloren gegangen", bedauerte sie. Ich zuckte mit den Schultern und schaute sie etwas befremdet an. „Es gibt sicher Dinge in meinem Leben, die an Bedeutung verloren haben." Die Fremde öffnete das Gartentor und trat hinaus auf den Feldweg. „Ich wünsche Ihnen", sagte sie zum Abschied, „dass Geschichten wieder für Sie lebendig und bedeutsam werden." Sie lächelte mir noch einmal zu. „Das Leben ist wie eine große Geschichte. Es ist wirklich zum Staunen, wenn man es genau betrachtet. Es füllt und füllt sich. Traurig, dass manche dieses Buch einfach zuschlagen." Nachdem die sonderbare Fremde den Garten verlassen hatte, schloss ich das Gartentor sorgfältig ab und überlegte, was es für seltsame neue Nachbarn gab.

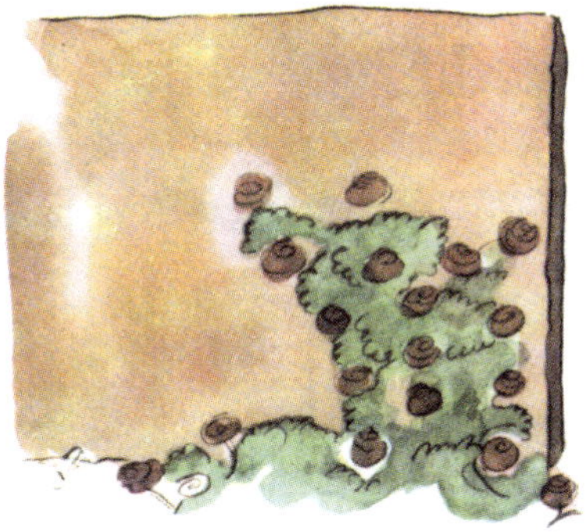

Die Begegnung

Als ich mich dem Rosenbeet näherte, erblickte ich plötzlich, noch etwas Abseits im Schutz der hohen Gartenhecke, ein mir unbekanntes Wesen. Fast sah es aus wie ein Kind mit hellem blondem Haar, dann aber doch wieder nicht. Freundlich näherte es sich mir. „Deine kleine Rose braucht Hilfe“, sagte es. „Ich habe sie gesehen!“ – „Du willst mir helfen?“, fragte ich erstaunt. Verwundert und verwirrt betrachtete ich dieses kleine Wesen. „Deine Rose“, sagte es besorgt, „sie wird sterben, sie hat nur noch wenig Kraft in sich. Ich habe sie gesehen.“ Es erzählte mir von seinem Planeten und dem Fernrohr, mit dem es die Blume beobachtet hatte. Ich wurde bei seinen Beschreibungen stutzig und betrachtete das Wesen genauer. Ein Schauer lief mir über den Rücken – diese Figur kam mir auf einmal sehr bekannt vor. War er wirklich der kleine Prinz? Träumte ich?

Mit großen, verwunderten Augen schaute ich mir die Erscheinung an.

Ich erfuhr, dass er Woche für Woche mitverfolgt hatte, wie meine Rose immer schwächer wurde. War der kleine Prinz tatsächlich zur Erde gekommen, um meiner kleiner Rose zu helfen? Ich konnte es kaum glauben. Doch in seinem Ton lag etwas Selbstverständliches, etwas, das mich zutiefst berührte und verwunderte. Er aber sagte nur schlicht: „Man kann nur der einen Rose helfen. Und wenn du dieser einen Rose hilfst, dann ist es so, als hättest du sie alle aufgerichtet. Dann ist es so, als ob du die Welt wieder zum Blühen bringst." Der kleine Prinz sah auf und schaute mich an. „Für diese Rose bist du jetzt verantwortlich. Du hast sie dir vertraut gemacht." Beschämt sah ich zu Boden. Wir schwiegen eine Weile, bis ich ihn betreten fragte: „Diese weite Reise ist doch zu leichtsinnig für dich gewesen?" – „Es gibt viele Dinge, für die ist es unsinnig ist, zu reisen!", erwiderte der kleine Prinz. Dann fügte er hinzu: „Der Sinn einer Reise ergibt sich aus ihrer Aufgabe." Und wieder widmete er seine volle Aufmerksamkeit der kleinen Rose. Ich schüttelte den Kopf und vor meine Augen traten Bilder meines Erachtens wirklich wichtiger Aufgaben. Im Angesicht der großen Probleme der Menschheit wirkte meine Rose lächerlich. Der kleine Prinz nahm meine Beschämung war. „Nur weil es eine kleine Rose ist, heißt es nicht, dass diese Aufgabe nicht wichtig ist. Es ist dann die wichtigste Aufgabe."

Kleinigkeiten

Der kleine Prinz näherte sich der kleinen Rose und strich ihr über die Blätter. „Du bist für das Kleine verantwortlich“, sagte er. „Weil viele Menschen dies vergessen und verlernt haben, können sie mit dem Großen nicht mehr umgehen.“ Die vielen kleinen Dinge konnten das Leben reich und glücklich machen. Vielleicht musste man manchmal den Blick dafür gewinnen. Mit den kleinen Dingen konnte man verantwortungsbewusst umgehen oder nachlässig, besonnen oder gleichgültig. Aber letztendlich waren es gerade diese kleinen Dinge, die das Leben kostbar und einmalig machten.

Es fehlen ihnen die Wurzeln, das gereicht ihnen sehr zum Nachteil.

Der kleine Prinz beugte sich weiter über die Pflanze. Er hatte ein kleines Säckchen dabei, das er vorsichtig öffnete. Nun holte er behutsam einen zarten Rosenzweig hervor. Er lächelte. Dann erklärte er: „Die eine Rose gibt der anderen ihr Leben weiter. Das wird sie heilen!“ Auf eine solche Form der Hilfe wäre ich nicht gekommen. „Aber es ist Winter!“, sagte ich zweifelnd. Ich hatte noch nie Rosen in der kalten Jahreszeit veredelt. Für mich schien es unmöglich, dass der kleine Rosenzweig an meiner sterbenden Rose anwachsen sollte. Die raue, harsche Umgebung würde dies vollkommen unmöglich machen. Auch der kleine Prinz sah die

neu aufziehenden Schneewolken. „Du siehst auf den Schnee“, sagte er beruhigend. „Er deckt alles zu. Aber die Kälte kann das wahre Leben nicht verhindern. Das Leben geht weiter, mitten im Winter.“ Ich blickte mich um. In meinem Garten war nicht viel davon zu spüren. Alles war mit Schnee und Raureif überzogen, die Bäume kahl und die Herbstblumen abgestorben. Meine Augen blieben für einen Moment an dem alten Kirschbaum hängen: Die inzwischen mit Schnee bedeckten Zweige vermittelten vor allem ein Bild der Starre.
Doch der kleine Prinz sagte: „Diese Kraft kommt nicht von Rosen, die blühen und verblühen. Sie kommt von einer Rose, deren Wurzeln nicht vergehen.“ Der kleine Prinz erklärte weiter: „Deine Rose muss mit den richtigen Wurzeln in Berührung kommen, dann findet neues Wachstum statt. So wird sie edel und findet neue Kraft.“ Ich sah noch etwas ungläubig auf die kleine Pflanze. Ich versuchte zu vertrauen. Sollte aus dem Stillstand heraus neues Leben möglich sein? Sollte sie mitten im Winter neue Kräfte finden können?

Selbstlosigkeit

Während sich der kleine Prinz weiter um die kleine Rose kümmerte, erfuhr ich von seiner Reise zur Erde. Die Entscheidung, eine weitere Reise zu diesem fernen Planeten zu unternehmen, war ihm trotz der Verpflichtung, die er in sich spürte, nicht leichtgefallen. „Meine Rose könnte mir dies sehr verübeln." Doch er besann sich wieder auf seine Aufgabe und den Sinn, den diese hatte.

> Nicht nach dem, was sie sagte, sondern nach dem, was sie tat, hätte ich sie beurteilen müssen.

Die Rose beharrte wirklich unentwegt darauf, dass er sie nicht im Stich lassen dürfe. „Du weißt, was alles passieren könnte", klagte sie. „Die Vulkane könnten wieder ausbrechen. Sie sind unberechenbar und müssen regelmäßig gekehrt werden." Ein anderes Mal erinnerte sie den kleinen Prinzen an das Schaf. „Es könnte faul werden und seine Arbeit vernachlässigen, wenn du nicht mehr nach ihm schaust. Was würde dann passieren? Die gefährlichen Triebe der Affenbrotbäume würden sich ausbreiten und den ganzen Planeten überwuchern!" Anfangs hörte der kleine Prinz geduldig zu, aber es gelang ihm nie ganz, sie zu beruhigen. Schließlich sagte er: „Ich möchte dich nicht verwirren und verbittern. Aber ich muss mich um diese kleine Rose kümmern, bitte verstehe das." Da nieste die Rose so kräftig, dass das Schaf er-

schreckt aufsah und einen Affenbrotbaumtrieb nur zur Hälfte ausriss und auffraß. In einem gekränkten Ton erwiderte sie: „Du hast auch vergessen, wie kalt die Zugluft ist.“ Verärgert drehte sie ihren Kopf weg und sprach nicht mehr. Am Abend setzte sich der kleine Prinz so, dass er den Sonnenuntergang sehen konnte. Er liebte die Sonnenuntergänge so sehr auf seinem Planeten. „Ich werde etwas verlassen“, sagte er sich. „Und ich muss vertrauen, dass ich es wiederfinde.“
Am nächsten Morgen entdeckte der kleine Prinz Tautropfen an den Blättern der Rose. Plötzlich aber drehte sich die Rose zu ihm um: „Verzeih mir!“, sagte sie höflich. „Ich blühte und blühte und verblühte. Aber meine Wurzeln gaben mir neues Leben. Aus diesem Wissen heraus will ich nun großzügig sein.“ Sie senkte den Kopf vor ihm. „So nimm etwas von meinem Leben in der Hoffnung, dass es an anderer Stelle weitergeht.“ Der kleine Prinz sah sie dankbar an und schnitt behutsam einen kleinen Zweig ab. „Die Wurzeln, die niemals sterben können, tragen dich“, tröstete er sie, „und das wird uns wieder vereinen!“

Der Dichter

Wie auf seinen früheren Reisen kam der kleine Prinz an allerlei Planeten vorbei. Drei waren ihm noch vollkommen unbekannt.

Auf dem ersten Planeten lebte ein Dichter. „Guten Tag!“, sagte der kleine Prinz. „Guten Tag!“, begrüßte ihn der Dichter. Er erhob sich gemächlich von seinem Schreibpult und reichte dem kleinen Prinzen die Hand. „Was tun Sie da?“, fragte der kleine Prinz interessiert. „Ich schreibe!“, sagte der Dichter und zeigte ihm seine Feder. „Was ist ‚schreiben‘?“, fragte der kleine Prinz. „Es bedeutet, Worte festzuhalten, damit sie nicht mehr verloren gehen“, erklärte ihm der Dichter. Der kleine Prinz sah auf die vielen Blätter dicht beschriebenes Papier. „Ist das eine wichtige Aufgabe?“ Der Dichter überlegte. „Es kann eine wichtige Aufgabe sein!“, sagte er. „Dann, wenn das Geschriebene gelesen und verstanden wird. Ansonsten ist es eigentlich eine vollkommen überflüssige Aufgabe.“ Der Dichter räusperte sich. „Ich hoffe, dass meine Gedanken etwas verändern können.“ –„Warum redest du nicht einfach mit den Menschen?“, fragte der kleine Prinz. „Du könntest ihnen erklären, was dir wichtig ist.“ Der Dichter überlegte. „Sie sind nicht immer da. Auf dem Papier sind meine Gedanken für sie aufgehoben.“ Der kleine

> Denn ich möchte nicht, dass man mein Buch wie etwas Belangloses liest.

Prinz betrachtete den Dichter. „Natürlich kann es auch sein, dass man vollkommen falsch verstanden wird“, gab der Dichter vorsichtig zu bedenken. „Dann ist es eine gefährliche Aufgabe. Es könnte auch eine oberflächliche Aufgabe sein, wenn man nur Geld verdienen möchte und der Inhalt einem gar nicht mehr so wichtig ist.“ Der kleine Prinz hörte dem Dichter aufmerksam zu. „Könntest du auch jemandem helfen, wenn du schreibst?“, fragte er. „Ich würde mich freuen!“, antwortete der Dichter. Er überlegte wieder. „Ich weiß natürlich nie, was der Leser denkt, aber wenn er sich überhaupt Gedanken macht, ist der Sinn meines Schreibens eigentlich schon erfüllt.“ Der kleine Prinz hörte weiter zu. „Um lebendig zu bleiben“, meinte der Dichter, „ist es wichtig zu denken. Wer nichts mehr denkt, ist dabei, sein Leben abzugeben. An andere.“ Er nahm ein weißes Blatt und fügte hinzu: „An das Nichts.“ Dann wandte er sich wieder seinen Papieren zu. „Vielleicht wird er nie anerkannt mit seiner Arbeit“, sagte sich der kleine Prinz. „Aber er hat etwas ernst genommen. Und er hat es nicht nur für sich selbst getan.“

Der Philosoph

> „Ich verstehe schon, was du meinst“, sagte der kleine Prinz, „aber warum sprichst du ständig in Rätseln?“

Auf dem zweiten Planeten wohnte ein Philosoph. „Warum besuchst du mich?“, fragte der Philosoph. „Ich mache eine Reise“, erklärte ihm der kleine Prinz. „Ich will einer kleinen Rose helfen!“ Der Philosoph musterte ihn. „Helfen ist etwas Gutes“, sagte er schließlich, fügte aber hinzu, „man sollte es allerdings uneigennützig tun.“ – „Was ist uneigennützig?“, fragte der kleine Prinz. „Man beachtet dabei nicht sich selbst. Oder denkt an ein Lob oder eine Bewunderung.“ Der Philosoph führte seine Gedanken weiter: „Die meisten helfen am liebsten sich selbst. Sie wollen gelobt und anerkannt werden für das, was sie tun. Finden sie keine Anerkennung, wollen sie sich auch nicht mehr für etwas einsetzen.“ Der Philosoph stockte einen Moment. Dann sagte er: „Wenn ich vor allem helfe, damit es mir selbst wegen des Dankes gut geht, helfe ich eigentlich nur mir selbst.“

Der kleine Prinz betrachtete den Philosophen neugierig. „Was machst du hier auf deinem Planeten?“ – „Philosophen interessieren sich dafür, wie man alles verstehen kann“, erklärte der Philosoph. „Hilfst du den Menschen damit?“, wollte der kleine Prinz wissen. Der Philosoph überlegte einen Moment. „Die Schwierigkeit ist, dass man das Leben auf vielerlei Weise erklären kann. Von daher kann ich nicht sagen, ob ich helfe. Nicht jeder kann meinen Gedanken folgen, manche verwirren sie und manchen sind sie zu langweilig." Er machte eine Pause. „Vielleicht ist meine Beschäftigung für manche ein Müßiggang, aber andere entdecken darin einen Weg." –„Wohin soll dieser Weg denn führen?", fragte der kleine Prinz interessiert. Er dachte an all die weiten Wege, die er schon zurückgelegt hatte. Die Augen des Philosophen begannen zu leuchten. „Es gibt zwei wundersame Orte", erklärte er. „Den Ort der Liebe und den Ort der Weisheit." Er schaute in die Ferne. „Aber sie sind schwer zu erreichen. Es kostet Anstrengung." Der kleine Prinz betrachtete ihn nachdenklich. Der Philosoph sagte: „Viele scheuen es deshalb, auf diesem Weg zu gehen. Aber der eigentliche Sinn liegt darin, auf diesen Wegen unterwegs zu sein." Der kleine Prinz dachte an all die Anstrengungen um die Rose. „Wenn uns etwas wert ist", dachte er, „dann gehen wir los. Und indem wir unterwegs sind, sind wir dem Ziel schon ein Stück näher."

Tempus fugit

Auf dem dritten Planeten lebte ein Uhrmacher. Er war von großen und kleinen Uhren umgeben und gerade dabei, eine kleine Uhr zu reparieren. „Guten Tag!“, grüßte der kleine Prinz. Er staunte über die vielen tickenden Uhrwerke. „Was machst du hier?“ „Ich kümmere mich um die Zeit“, sagte der Uhrmacher. „Was ist Zeit?“, fragte der kleine Prinz. „Das ist das, was einmal war, was gerade ist und einmal sein wird“, erklärte der Uhrmacher geheimnisvoll. „Ist Zeit etwas Wichtiges?“, fragte der kleine Prinz. „Zeit ist kostbar. Die meisten Menschen meinen, sie hätten zu wenig davon“, erklärte der Uhrmacher und seufzte. „Kannst du ihnen nicht die Zeit verlängern?“, fragte der kleine Prinz. Der Uhrmacher schüttelte den Kopf. „Die Zeit vergeht auf ihre ganz eigene Weise. Die Menschen haben einfach verlernt, mit ihr umzugehen – sie verschwenden sie oder schlagen sie tot.“ Er stellte die kleine Uhr in ein Regal, in dem schon viele weitere Uhren standen. „Die Zeit kann langsam vergehen“, erklärte er. „Aber auch rasend schnell.“ – „Verstellen die Menschen dann ihre Uhren?“, fragte der kleine Prinz. „Die Menschen können ihre Uhren nicht selbst stellen“, sagte der Uhrmacher. „Sie können aber lernen, mit dem Ticken der Zeit umzugehen.

„Wie eilig sie es alle haben“, sagte der kleine Prinz, „wonach suchen sie denn?“

Manche Menschen hören es kaum und für sie vergeht die Zeit langsam. Andere hören das Ticken unentwegt und so kommt es ihnen vor, als würde die Zeit davonfliegen." „Gibt es auch einen Ort ohne Zeit?", überlegte der kleine Prinz.
„Ja", sagte der Uhrmacher. „Es ist der Ort, wo alles vollendet und vollkommen ist." – „Wie komme ich dorthin?", wollte der kleine Prinz neugierig wissen. Der Uhrmacher lächelte. „Wenn deine Zeit dafür gekommen ist, wirst du dorthin gelangen. Weißt du, für alles gibt es eine Zeit im Leben."
Der kleine Prinz dachte an seine Rose. Irgendwann war die Zeit gekommen gewesen, an der er ihre Einzigartigkeit erkannt hatte. Es war der Moment gewesen, in dem er genau gewusst hatte, dass seine Rose zu ihm gehörte. Und dieser Moment hatte für ihn etwas Vollkommenes gehabt, was nicht verging, was immer blieb.
Der kleine Prinz verabschiedete sich von dem Uhrmacher. „Er überwacht die Zeit", dacht er. „Doch er kann den Menschen nicht ihre bedeutsamen Momente schenken. Diese müssen sie sich selbst suchen."

Winterwunder

Als der kleine Prinz die Erde erreichte, lief er zunächst durch das Wäldchen, in dem der Garten lag. Ein Reh kreuzte seinen Weg, sprang aber hastig davon zwischen zwei Büsche, sodass man es kaum noch erkennen konnte. „Bleib doch bitte stehen!“, rief der kleine Prinz ihm hinterher. „Du brauchst mich doch nicht zu fürchten!“ – „Zu meinem Wesen gehört es aber, scheu zu sein“, sagte das Reh, „also laufe ich wieder weg.“ Der kleine Prinz schaute sich um. Er entdeckte den Kopf des Rehs zwischen zwei großen Bäumen. „Im Wald sind manchmal Förster. Sie schießen nach Rehen. So muss ich immer auf der Hut sein“, erklärte das Reh seine Sorgen. – „Ich tue dir nichts“, erklärte der kleine Prinz. „Ich suche nur eine kleine Rose. Ich habe kein Gewehr.“ Das Reh lugte etwas hinter den Bäumen hervor. „Warum suchst du im Winter eine Rose?“, fragte es interessiert. „Ich weiß, die Menschen lieben Rosen. Sie pflanzen sie und freuen sich über ihre Blüten. Aber ich dachte immer, dass sie sich im Sommer daran erfreuen.“ Es fügte hinzu: „Der Winter ist kalt und manchmal kann er hart und lang sein. Dann muss ich lange scharren, bis ich etwas zu fressen finde.“ Der kleine Prinz bewegte sich vorsichtig auf das Reh zu, das ihn mit

> „Ich kann nicht mit dir spielen“, sagte der Fuchs. „Ich bin nicht gezähmt!“

großen Augen beobachtete, aber keine Anstalten machte, wieder wegzulaufen. „Auch im Winter kann man eine Rose lieben“, sagte er. „Für die richtige Rose gibt es nie die falsche Zeit.“ Das Reh trat zögerlich hinter den Bäumen hervor. „*Ich* liebe den Sommer: die warmen Abende, das Gras auf der Lichtung ... ich wusste nicht, dass man auch im Winter etwas lieben kann.“ – „Das wirklich Wichtige im Leben kann uns jederzeit begegnen“, sagte der kleine Prinz. „Es gibt kalte, harte Winter, die mehr Bedeutung für uns haben können als der hellste Sommer.“ Das Reh sah ihn mit großen Augen an. „Ich konnte dem Winter nie etwas abgewinnen. Aber nun werde ich die Augen offen halten, ob ich etwas finde, das ich lieben kann. Ich wünsche dir, dass du das im Winter findest, was du suchst.“ Dann verschwand es schnell und leise. Der kleine Prinz sah ihm nach. „Es wird scheu bleiben und sich nie an etwas binden. Aber die große Sehnsucht danach wird es behalten.“

Wasser des Lebens

Der kleine Prinz lief zwischen den verschneiten Bäumen weiter. Plötzlich hörte er ein Krächzen und ein Rabe flatterte über seinen Kopf. „Wohin des Weges? Die Winternächte sind kalt und einsam“, rief der Rabe und musterte den kleinen Prinzen neugierig. „Für einen Fremden können sie gefährlich sein.“ Aber der kleine Prinz ließ sich nicht beirren. „Ich bin gekommen, um einer kleinen Rose zu helfen, sie lebt hier in der Nähe.“ Der Rabe begann ein krächzendes Lachen. „Warum lachst du?“, fragte der kleine Prinz empört. „Rosen, was sollen Rosen im Winter? Im Winter fällt der Schnee, er deckt alles zu. Im Winter sucht man keine Rosen. Man wartet auf den nächsten Sommer.“ Er setzte sich auf einen Ast und beobachtete den kleinen Prinzen argwöhnisch. „Du musst die Gesetze des Winters verstehen lernen“, sagte er. „Alles andere macht unglücklich.“ „Was meinst du damit?“, fragte der kleine Prinz. „Das Futter wird weniger, die Luft kälter. Teiche und Bäche können zufrieren. Wenn der Winter kommt, muss man sich um vieles kümmern: Ich suche nach Körnern und Beeren in den Hecken und versuche zwischen dichten Zweigen einen Unterschlupf zu finden.“ Der kleine Prinz betrachtete den Raben. „Jeder muss auf seine Weise

Dieses Wasser war mehr als nur ein Getränk. Es war wie ein Geschenk, das dem Herzen wohltat.

vorsehen", sagte der schwarze Vogel. „Was ist vorsehen?", fragte der kleine Prinz. „Vorsehen bedeutet", erklärte der Rabe, „dass ich an die Dinge denke, die passieren könnten, und mich davor schütze. Im Herbst lasse ich mir so gegen die Kälte immer ein dickes Federkleid wachsen." Der Rabe legte den Kopf schief und betrachtete den kleinen Prinzen. „Aber man kann auch nicht an alles denken. Im letzten Winter froren alle kleinen Teiche und Bäche zu. Ohne den Rat eines guten Freundes, der mir einen See mit einer offenen Stelle zeigte, wäre ich verdurstet. Um die Winter zu überleben, braucht man manchmal Freunde." – Der Rabe betrachtete den kleinen Prinzen. Dann fügte er hinzu: „Freunde sind die, die mit dir teilen, auch wenn sie selbst nicht genug haben. Es sind die, die dich zu den offenen Wasserstellen führen. Sie spüren, wenn du keine Kraft mehr hast, wenn deine Flügel erlahmen. Dann kommen sie." Der kleine Prinz hörte ihm aufmerksam zu. „Ich wäre gerne ein guter Freund", sagte der kleine Prinz. „Wer einer Rose im Winter hilft, kann kein schlechter Freund sein", sagte der Rabe zum Abschied und flog davon.

Aufgeweckt

Der kleine Prinz erreichte die Gartenmauer und lief an ihr entlang. Sie war so hoch, dass er nicht über sie hinweg in den Garten schauen konnte. Viele Jahre hatte die Mauer jedem Wetter getrotzt und den Garten vor Wild geschützt. An einer Stelle jedoch bröckelte sie nun und ein paar der unteren Steine lagen etwas lose. Als der kleine Prinz vorbeilief, kam er zufällig so an einen Stein, dass dieser sich ein Stück weit löste und eine kleine Öffnung freigab. Eine schläfrige Stimme aus dem Inneren der Mauer war zu hören. Der kleine Prinz erschrak und trat einen Schritt zurück. „Wer reißt mich aus meiner Ruhe?“, hörte er jemanden leicht verärgert sagen. Der kleine Prinz bückte sich und schaute in das Loch hinein. Er entdeckte einen Igel, der sich in einem mit Laub gepolsterten Nest ausstreckte. „Ist denn schon Frühling?“, fragte er irritiert. Er schnupperte mit seinem Näschen. „Ich rieche nichts davon.“ – „Entschuldigen Sie bitte“, sagte der kleine Prinz sehr höflich. „Es ist noch Winter. Ich wollte Sie nicht wecken!“ Der Igel erhob sich von seinem Lager und betrachtete den kleinen Prinzen genauer. „Was machst du denn überhaupt hier? Jetzt, mitten im Winter?“ –„Ich bin auf der Suche nach einer klei-

> Ich lebe seit vierundfünfzig Jahren auf diesem Planeten, und in all der Zeit bin ich bisher nur dreimal gestört worden.

nen Rose", erklärte der kleine Prinz vorsichtig. Er hatte Sorge, den neuen Bekannten weiter zu verärgern. „Sie braucht meine Hilfe", erklärte er seine Reise zum Garten weiter. „Rosen gibt es in diesem Garten viele", erzählte der Igel. „Aber sie blühen im Sommer! Vielleicht solltest du bis zum Frühling warten. Dann kann man sie vielleicht leichter erkennen." Der Igel begann zu zittern. „Jetzt ist zu viel Schnee und Kälte. Ich möchte im Moment nach nichts suchen müssen. Nach keinen Schnecken und nach keinen Käfern. Das wäre zu anstrengend!" – „Aber sie wird sterben, wenn ich ihr nicht jetzt helfe!", rief der kleine Prinz. Der Igel seufzte. „Ich verstehe dich: Vielleicht ist es leichter, im Frühling zu helfen, aber du kannst nicht bis zum Frühling warten. Manche Hilfe muss im Winter geschehen." Der kleine Prinz hörte ihm zu.

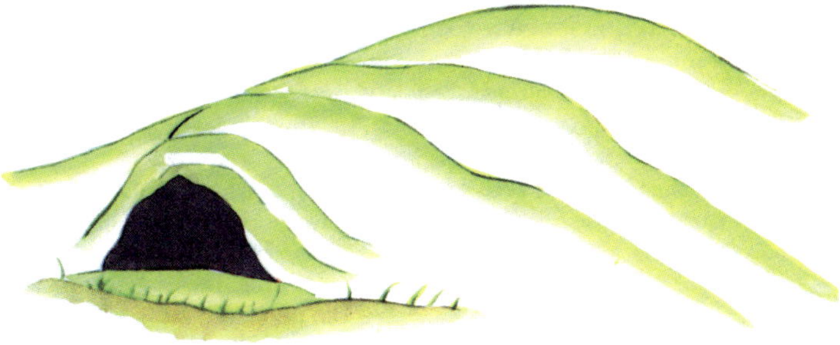

Ach! Ich bin noch kaum erwacht ... Ich bitte um Verzeihung ... Ich bin noch ganz zerzaust ...

„Die Jahreszeiten kommen und gehen. Aber die wahren Freunde sind die, die den Winter mit dir aushalten. Es ist leicht, einen Frühling zu teilen oder einen Sommer. Aber im Winter bist du oft alleine." Der Igel stockte einen Moment. „Du solltest sie suchen, die kleine Rose," sagte er schließlich. „Eine Rose im Winter zu suchen und zu finden ist nicht leicht. Wir können die Jahreszeiten für unsere Begegnungen nicht wählen, denn sie kommen ohne unseren Einfluss. Doch das, was du als deine Aufgabe erkannt hast, wird dich stark machen und dich weitertragen." Der Igel begann wieder zu gähnen und entschuldigte sich. „Es tut mir leid, ich kann dir leider nicht dabei weiterhelfen. Mein Leben ist darauf eingestellt, den Winter zu verschlafen." Er trottete wieder zu der Öffnung zwischen den Steinen. Und ehe sich der kleine Prinz versah, war der Igel wieder in seinem Nest eingeschlafen. Vorsichtig schob der kleine Prinz den Stein vor das Loch. „Sein Leben verläuft immer auf die gleiche Weise", dachte er. „Jahr für Jahr. Nie wird sich etwas ändern. Den Winter wird er stets verschlafen und hoffen in einer freundlicheren Zeit wieder aufzustehen." Doch er fühlte sich aufs Neue bestärkt, die kleine Rose zu suchen und ihr zu helfen und Schnee und Kälte zu trotzen.

Sie schlummern unbemerkt im Schutz der Erde, bis es ihnen einfällt aufzuwachen.

Verantwortung

Ich hatte den Geschichten des kleinen Prinzen angeregt gelauscht. Vorsichtig verband dieser inzwischen den mitgebrachten kleinen kostbaren Zweig mit meiner Rose. Schließlich sagte er zufrieden: „Es war nur ein kleiner Schnitt. Für eine Zeit wird sie den Schmerz spüren. Aber der Schmerz wird sie auch heilen." Er betrachtete die kleine Rose wachsam. Dann sagte er zu mir: „Du darfst nicht denken, dass im Winter alles nur Winter ist. Winter ist es für die, die nur den Winter sehen." Zweifelnd betrachtete ich den kleinen Zweig. Sollte er wirklich in der Kälte anwachsen? Es fiel mir nicht leicht, den Vorstellungen des kleinen Prinzen zu folgen. Meine Erfahrungen waren andere. Behutsam wollte ich nun noch das Stück Jute um die Pflanze wickeln. Doch der kleine Prinz wehrte ab. „Deine Rose wird ein neues Blatt bekommen und es würde damit ersticken." Er legte das Jutestück auf den Rasen. „Du darfst der kleinen Rose nicht den Raum nehmen, den sie braucht. Sie will wieder wachsen und wird es. Vertraue!" Der kleine Prinz betrachtete mich nachdenklich. „Die Menschen glauben immer nur das, was sie sehen und sich erklären können." Er sah mich fester an. „Glaube mir", sagt er, „man kann nicht alles sehen und alles erklären. Aber es geschieht."

Und der kleine Prinz machte sich auf den Weg, in Gedanken bei seiner Blume.

Andächtig standen wir beide einen Moment vor der kleinen Pflanze. Dann sagte der kleine Prinz: „Weißt du, sie ist deine Rose. Du bist für sie verantwortlich." Dann stockte er einen Moment und sah zum Sternenhimmel empor. „Und ich bin für meine Rose verantwortlich." Leise fügte er hinzu: „Verantwortung zu lernen ist nicht immer leicht und manchmal stellen wir es uns ganz anders vor. Aber man ist immer für das verantwortlich, was man sich vertraut gemacht hat." Und er berichtete von den Vulkanen, die er unbedingt kehren musste, von dem Schaf, das eventuell die gefährlichen Triebe der Affenbrotbäume nicht mehr fraß und vielleicht sogar wieder weggelaufen war und von der Rose, seiner besonderen Rose, die auf ihn wartete. „Sie wird mich vermissen", sagte der kleine Prinz und senkte den Kopf. „Bei all meinen wichtigen Aufgaben ist sie doch die wichtigste: Sie ist *meine* Rose. Sie ist die besondere, die ich unter den vielen Rosen als die meine erkannt habe."

Der Abschied

Plötzlich löste sich von einem großen Stein in der Nähe ein Wesen, das ich bisher nicht bemerkt hatte. Es war eine Schlange. War sie mitten im Winter aus der Starre erwacht? Die Schlange schien den kleinen Prinzen zu kennen. „Du hast wieder den Weg zur Erde gesucht, kleiner Prinz!“, rief sie spöttisch. „Und wieder hast du vergessen, wie vergänglich hier alles ist: die Rosen, die Herbstblumen, die Blätter an den Zweigen.“ Majestätisch richtete sie sich vor ihm auf. „Was suchst du hier? Du hast Unruhe in den Winter gebracht. Denk an den Igel, den du geweckt hast.“ Der kleine Prinz sagte ruhig: „Zu helfen bedeutet nicht in jedem Fall, sich neue Freunde zu machen. Manchmal stört man damit eine Ordnung.“ Die Schlange zischte. „Auch du wirst dich der Ordnung des Lebens unterordnen müssen, kleiner Prinz.“ Sie kam auf ihn zu. Ich zuckte zusammen und kauerte mich schnell hinter einen Busch. „Du weißt, dass du mich brauchst, so wie damals.“ So plötzlich, wie sie aufgetaucht war, verschwand sie wieder. Für einen Moment wartete ich ängstlich ab. Durch die Zweige sah ich den kleinen Prinzen am Rosenbeet stehen, so als würde er sich verabschieden. Ich hörte ihn sagen: „Ich muss

> Ich kann dir helfen, wenn du dich irgendwann einmal allzu sehr nach deinem Planeten sehnst.

zu meinem Planeten zurückkehren, zu meiner Rose. Du wirst den nächsten Frühling erleben, die Vögel, die Bienen, den warmen Sommerwind. Noch ist es kalt, aber es wird wieder Blütenduft in der Luft liegen. Wenn wir nicht aufgeben, geht das Leben mit uns weiter, in einen neuen Frühling, in einen Sommer."

Er hatte sich schon halb abgewandt und blickte den Weg in Richtung Gartentor hinunter. Ich wollte ihm folgen, doch er ließ es nicht zu. „Halte mich nicht fest", sagte er ruhig. „Es wird passieren. Verstehe, dass ich gehen muss." Er zeigte zum Sternenhimmel. „Aber tröste dich damit, dass ich wieder bei meiner Rose sein werde. Und denke daran: Das Leben wird nie enden, so wenig wie man die Sterne zählen kann und ihre Anzahl bestimmen." Immer weiter weg lief er durch den Garten. Ich habe nicht gesehen, was mit ihm passierte. Einmal dachte ich kurz, ich hätte ein Zischen gehört. Und so wundersam, wie der kleine Prinz in meine Welt gekommen war, verschwand er wieder.

Es ist ein Ros entsprungen

Ich blickte zum Himmel empor und für einen Augenblick hatte ich das Gefühl, den Asteroiden B 612 ganz deutlich zu erkennen. Es war dieser besonders funkelnde Stern, der so hell leuchtete, heller als alle anderen. Jeder andere hätte den Nachthimmel wahrscheinlich nicht so wahrgenommen. Doch für mich war er nun die Heimat des kleinen Prinzen. Ich stellte mir vor, wie er jetzt seine ganz besondere Rose wieder umsorgte und sie vor der kalten Nachtluft schützte. Liebevoll sah ich ihn, ihr die Glasglocke bringen. Ich meinte, das Schaf zu erkennen, das durch die Rückkehr des kleinen Prinzen wieder gewissenhafter die gefährlichen Triebe der Affenbrotbäume ausriss, und ich freute mich bei dem Gedanken, dass die Vulkane nun auch wieder gekehrt wurden und so keine Gefahr für den Planeten darstellten.

Wenn du nachts hinaufschaust, wird es für dich sein, als ob alle Sterne lachten, weil ich auf einem von ihnen lache.

Ich stand immer noch neben dem Rosenbeet und musste bei dem Gedanken lächeln, dass er eine so weite Reise für eine so kleine Rose unternommen hatte. Gespannt betrachtete ich die kleine Pflanze mit ihrem neuen Zweig. Vielleicht war es nur das Mondlicht, aber ich bildete mir ein, dass der neue Zweig auf eine besondere Weise schimmerte. Der Glanz schien auf

ihm zu liegen, den ich auch im Gesicht des kleinen Prinzen entdeckt hatte, wenn er lächelte.
Auf einmal hatte ich das Vertrauen, dass diese kalte Winternacht die richtige Nacht gewesen war, um meiner Rose zu helfen. Ich sagte zu mir selbst: „Sie wird ihre Kraft von einer Rose bekommen, deren Wurzeln nicht vergehen können." Weder Schnee noch Eis würden ihr etwas anhaben können und ich glaubte nun, dass ein wundersamer Trieb aus ihr herauswachsen würde.
Plötzlich war ich davon überzeugt, dass die Wurzeln des Lebens in einer unsichtbaren Kraft zu finden sind, die letztendlich unser Leben veredeln kann. Vielleicht haben wir manchmal aufgehört, mit ihr in Beziehung zu treten, weil wir nur Naturgesetzen und unserem Verstand Glauben schenken. Mir kam das alte Weihnachtslied „Es ist ein Ros entsprungen" in den Sinn. Der Winter ist nicht nur die Zeit des Abgestorbenen und der Starre, sondern auch die Zeit, in der sich die Natur auf neues Leben vorbereitet. In ihm steckt der Neubeginn für den Frühling, für das, was das Leben vorantreibt.

Der Zauber

Plötzlich zogen sich die Wolken erneut zusammen. Dicht und unheilvoll. Ein Schneesturm fürchterlicher Art begann. Die Flocken fielen schnell so dicht, dass ich nur mit Mühe den Weg zur Laube fand. Nachdem ich in der Laube ein paar dicke Decken gefunden und mich in diese eingehüllt hatte, fiel mein Blick wieder auf die Fotografie der weißen Rose. Die drei Briefe, die ich gefunden hatte, lagen noch unangetastet auf dem Tisch. Neugierig faltete ich nun den ersten auf:

„Eine Rose zu pflanzen ist immer ein Abenteuer. Man weiß nie, ob sie wirklich gut anwächst, ob Regen und Sonne und nicht zuletzt die Erde selbst ihr zu einem sicheren Stand verhelfen. Es gibt Zeiten in denen der Sturm an ihr zerrt, in denen sie Blätter verliert, und Zeiten, in denen sie mit Dürre kämpft. Und trotzdem ist sie es wert, sie zu pflanzen in der Hoffnung, dass sie sich gut entwickelt und Blüten treibt. Man kann nicht erwarten, dass sie ihre volle Pracht immer behält und weiter entfaltet. Sie muss gepflegt werden, sie muss etwas Nährendes erhalten. Doch wenn dies geschieht, begegnet uns der Zauber des Lebens. Der, der alle Schönheit entfaltet.“

Das Datum des Briefes war vergilbt, ich konnte es nicht mehr entziffern, ebenso wenig den Absender. Meine Finger begannen leicht zu zittern. Es war, als würde ich eine Geschichte entdecken, etwas wurde wieder lebendig. Neugierig öffnete ich den zweiten Brief.

Mir fiel ein, dass die Laube in aller Hast verkauft worden war und die Erben scheinbar keine Zeit und kein Interesse zum Entrümpeln hatten. Sie hatten mir die Einrichtung mit allem beim Verkauf überlassen und damit auch diese persönlichen Briefe.

„Meine Liebe,

jeden Tag friere ich. Unsere Rationen werden immer kleiner. Viele der Kameraden sind gefallen. Eisiger Schnee treibt uns ins Gesicht. Stundenlang, tagelang marschieren wir. Ich habe gehört, dass ihr inzwischen auch unter den Bomben leidet. Ob das Haus noch steht? Ich hoffe, ihr konntet in der Laube Zuflucht finden ...“

Wieder eine nicht entzifferbare Unterschrift.

Nachdenklich über meine Entdeckung ging ich in die Küche und machte mir eine Tasse Tee.

Schließlich legte ich mich auf das alte Sofa und grübelte weiter, bis ich über der Anstrengung des Tages einschlief. Den dritten Brief hatte ich noch nicht geöffnet ...

18

Unheimlicher Besuch

Dann seid so gut und lasst mich nicht länger traurig sein: Schreibt mir schnell, dass er wieder da ist …

… Die Witterung hatte sich wieder beruhigt. Langsam lief ich aus der Laube. Ich wollt die Jute in den Geräteschuppen zurücklegen. Mit der Taschenlampe leuchtete ich die verschiedenen vollgestopften Regale ab. Plötzlich trat ein Schatten in die Türöffnung des Geräteschuppens, in den ich die nicht mehr gebrauchte Jute hatte legen wollen. Eine tiefe Stimme räusperte sich. Erschrocken ließ ich meine Taschenlampe fallen, die zwar nicht kaputtging, aber weit hinaus auf den schneebedeckten Rasen rollte. Aufgrund der nun schlechten Lichtverhältnisse konnte ich nicht mehr als die Umrisse einer Gestalt erkennen. Es musste ein größerer Mann sein. Ich kauerte mich an das Regal.

„Er ist also wieder zurückgekommen?“, fragte die Gestalt. „Er ist meine Entdeckung“, erklärte er, „man könnte auch fast von einer Schöpfung sprechen.“ Langsam dämmerte mir, mit wem ich es zu tun hatte. „Ich habe nie ausgeschlossen, dass er noch einmal zur Erde zurückkehren würde, und deshalb bat ich, mir zu schreiben, falls er wieder da wäre. Können Sie sich daran erinnern?“ Ich nickte vorsichtig. „Warum haben Sie mir dann nicht sofort geschrieben?“, fragte er leicht vorwurfsvoll.

Langsam traute ich mich ein wenig hervor und sagte

schüchtern: „Es ist eine längere Geschichte. Wir könnten in die Laube gehen und dort könnte ich Ihnen alles berichten." Er nahm meinen Vorschlag mit einem Nicken an. Als wir durch die Pergola liefen, bemerkte mein unerwarteter Besucher: „Die Reben sehen nach gutem Wein aus." Plötzlich wurde er seltsam abwesend. „Ich habe viele verbrannte Weinberge gesehen", murmelte er traurig. Mir wurde etwas unheimlich. Schnell öffnete ich die Tür der Laube. Behagliche Wärme strahlte uns entgegen. Mein seltsamer Gast wischte beiläufig etwas Staub von den Gartenmöbeln. „Sie sind schon ziemlich alt, wie alles hier", sagte ich entschuldigend. Mein Gast schwieg. Ein Gefühl der Beklommenheit stieg in mir auf. Schnell verschwand ich in die Küche, um ihm eine Tasse Tee zu machen. Kurz überlegte ich, ob er als Franzose Kaffee bevorzugen würde. Als ich zurückkehrte, war der Raum dunkel. Von meinem Gast fehlte jede Spur. Schnell lief ich zur Tür und riss sie auf. Draußen konnte ich noch schemenhaft seine Konturen erkennen, die sich aber schnell auflösten. „Bleiben Sie doch bitte!", rief ich ihm hinterher. Aber es war zu spät ...

Verantwortung

... Ich schreckte hoch, als es an der Tür pochte, und legte die Decken beiseite – was für ein seltsamer Traum. Mit einem etwas mulmigen Gefühl drückte ich die Klinke herunter: Der Traum hatte mich noch nicht ganz losgelassen und für einen kurzen Moment fürchtete ich, er könnte vor der Tür stehen. So atmete ich erleichtert auf, als ich die seltsame Frau, die ich am Abend im Garten getroffen hatte, wiedererkannte. Sie war leicht mit Schnee bedeckt, den sie sorgfältig abklopfte, bevor sie eintrat. Ich schaute sie verwirrt an. Welchen Grund hatte sie, mich erneut aufzusuchen? Und wie war sie überhaupt in den Garten gekommen? Ich war mir sicher, dass ich das Tor hinter ihr zugeschlossen hatte.

Mein neuer Freund lächelte artig und voller Nachsicht.

„Ich habe das Licht in der Laube brennen sehen“, erklärte sie freundlich. „Da wollte ich mal nach dem Rechten sehen. Ich dachte, Sie hätten vorgehabt, nach Hause zu fahren. Geht es Ihnen gut?“ Ich nickte und versuchte mir alles irgendwie zusammenzureimen.
Sie setzte sich in der Nähe des Kamins in einen Sessel. „Ich mache Ihnen Feuer“, entschuldigte ich mich. „Der Raum ist wirklich ausgekühlt“, sagte die unbekannte Frau. Schnell kochte ich noch einen wärmenden Tee, den die Fremde gerne annahm.

„Ich habe mich noch um eine Rosenpflanze gekümmert“, erzählte ich ihr. „Deshalb bin ich geblieben. Es sah so aus, als ob sie den Winter nicht überleben würde.“ – „Ein guter Grund“, lobte die sonderbare Fremde. Dann murmelte ich leise. „Es passieren eigenartige Geschichten!“ Die seltsame Frau sah mich ruhig an und meinte, ohne sich weiter nach meinen Erlebnissen zu erkundigen: „Wir sind alle ein Teil von Geschichten, wir sind alle Teil der Geschichte. Jeder auf seine Weise. Das Entscheidende ist, wie wir damit umgehen.“ Ich schwieg und hörte ihr aufmerksam zu. „Manche Menschen tun so, als hätten sie keine Geschichte, andere können sich nie von ihr lösen. Wieder andere lernen nicht aus ihr.“ Ich rührte Zucker in meinen Tee. „Das, was passiert ist, können wir nicht mehr ändern“, meinte die Fremde. „Aber es gibt einen Teil, der noch unbeschrieben ist. Dem können wir etwas verleihen.“ Ich schluckte. „Aber vor unserem Leben gibt es doch auch eine Geschichte. Diese konnten wir nicht beeinflussen.“ Die Frau lächelte. „Ein Erbe können wir uns nicht aussuchen, aber wir können damit verantwortungsbewusst umgehen lernen.“

20

Auf der Suche

> Ich spürte, dass hier etwas ganz Außergewöhnliches vor sich ging.

Inzwischen loderte das Feuer im Kamin hell und kräftig und der Raum hatte sich gut aufgeheizt. Ich schaute die Frau genauer an, wagte aber nicht, Näheres über sie zu erfragen. Deshalb sagte ich nur: „Sie scheinen ja auch nicht weit gekommen zu sein." – „Ja", meinte die Frau achselzuckend. „Ich habe mir wegen des Schneesturms Sorgen um Sie gemacht." Für einen Moment überlegte ich, ob ich mir nicht eher Sorgen um die seltsame Frau machen sollte. Ich schob ihr einen Sessel hin. „Vergangenes wird irgendwann zur Geschichte", erklärte sie. „Das ist ein Wesen von Geschichte. Etwas ist auf eine bestimmte Weise passiert." Dann lächelte sie. „Aber Geschichte legt nicht fest. Es gibt nie nur eine Möglichkeit, wie Dinge weitergehen können." Ich hörte ihr gespannt zu. Plötzlich fragte sie: „Waren Sie eigentlich erfolgreich mit Ihrer Rose?" – „Ich weiß es nicht", sagte ich leise. „Was haben Sie gemacht?", fragte die seltsame Frau interessiert. Was sollte die Frau von mir denken, wenn ich ihr von der wundersamen Veredelung im Winter erzählte? Sie würde mich sicher für verrückt halten. Ich schämte mich etwas. Schließlich sagte ich: „Eine kleine Rose veredelt." Die Frau nickte mir anerkennend zu. „Sie haben das Richtige getan: Aus etwas Altem, wenig Gutem soll etwas gesundes, starkes Neues hervorwachsen." Sie sah mir offen in die Augen: „Glauben Sie, dass es gelingen wird?“ – „Glauben ist nicht immer leicht“, sagte ich leise.

„Auch ich habe nach Glauben gesucht!“, erzählte die Fremde. „Als junge Frau war ich sehr neugierig und wollte viel erfahren. Aber es ist nicht immer leicht, sich für einen Glauben zu entscheiden.“ – „Haben Sie denn etwas gefunden, was in Ihrem Leben wesentlich wurde?“, fragte ich. Die Frau nickte. „Aber es war nicht einfach. Eine Überzeugung muss nicht bedeuten, dass dadurch das Leben einfacher wird. Aber man muss sich auch von den Erwartungen anderer frei machen.“ Ihr Blick schweifte in die Ferne. Dann berichtete sie: „Eine Überzeugung kann das Leben fordern. Menschen können deine Haltungen nicht verstehen. Du störst ihre Bequemlichkeit. Sie empfinden dich als anders.“

Ich musste an den kleinen Prinzen denken, der die Tiere bei ihrer Winterruhe gestört hatte. Aber er hatte an seinen Weg geglaubt und sich nicht davon abbringen lassen.

21

Schein und Sein

„Warum haben Sie an Ihrem Glauben festgehalten?“, fragte ich. Sie sah mich durchdringend an. „Nur weil vieles, was wir sehen, so sichtbar schlecht ist“, sagte die seltsame Frau, „heißt es nicht, dass es nicht das unsichtbare Gute gibt. Diese Überzeugung habe ich bewahrt.“ Für eine Weile schwieg ich nachdenklich. Mein Blick wanderte zum Foto der weißen Rose.

> Es wird so aussehen, als sei ich tot, obwohl es nicht wahr ist ...

„Alles hat seinen Platz“, sagte sie. „Es soll nicht verdrängt werden! Das eine wie das andere gehört dazu. Und aus allem kann etwas Neues erwachsen. Etwas Gutes oder Schlechtes. Eine Geschichte kommt nicht zum Stillstand, sie geht weiter.“ Die seltsame Frau fuhr fort: „Oft fühlt man sich eingesperrt im Leben und sieht eine Begrenzung. Man ist jedoch nicht festgelegt. In allem gibt es auch die Kraft, die zur Freiheit führt.“ Das Feuer im Kamin knisterte. Auf einmal machte sich die tröstliche Gewissheit in mir breit, dass der Frieden immer wiederkommen konnte. Ich musste an das Weihnachtsfest denken, an das Fest des Friedens. Draußen heulte der Sturm und der Schnee wurde gegen das Fenster getrieben, aber das Feuer im Kamin blieb. Es wärmte die ganze Nacht hindurch.
Am nächsten Morgen fand ich mich auf das alte Sofa gebettet wieder. Eine dicke Wolldecke lag über mir. Im Kamin brannte immer noch das Feuer. Irgendwann

musste ich wohl wieder eingeschlafen sein. Die seltsame Frau schien auch die ganze Nacht hier verbracht zu haben. Ich wurde etwas verlegen – wie unhöflich von mir, einfach einzuschlafen! „Es hatte etwas Beruhigendes, dass Sie in der Nacht bei mir waren“, dankte ich der Fremden. „Der Schneesturm war doch etwas unheimlich und die Gegend hier ist auch recht einsam.“ Die seltsame Fremde, deren Namen ich immer noch nicht erfahren hatte, lächelte. Dann sagte sie: „Die Luft draußen ist klar, wir könnten in den Garten, gehen.“ Ich hatte nichts gegen ein bisschen frische Luft einzuwenden, um munter zu werden. Die Morgensonne schien und brachte den Schnee zum Glitzern. Über Nacht hatte sich eine dicke Schneeschicht gebildet. Wir liefen ein ganzes Stück durch den Garten, bis wir zu dem alten Kirschbaum neben der Bank kamen. Dort blieb sie stehen und schnitt ein paar Zweige ab. Sie befreite sie vom Schnee, reichte sie mir mit einem Lächeln und sagte: „Stellen Sie diese Kirschzweige in eine Vase. Das Tote wird wieder zu blühen beginnen!“

Barbara

Ich betrachtete zweifelnd die Zweige in meiner Hand. Ich fand sie unansehnlich und trist. „Das Leben kann immer wieder erblühen. Auch mitten im Winter. Vergessen Sie das nicht“ sagte die Fremde. Ich sah sie länger an. Die Neugier packte mich. „Aber jetzt sagen Sie mir doch bitte, wie Sie heißen“, bat ich. „Barbara“, sagte sie leise. Wie bei unserer ersten Begegnung holte sie ein Buch aus ihrer Manteltasche. Sie drückte es mir in die Hand. Dann drehte sie sich abrupt um und schritt auf das Gartentor zu. So wie sie ohne jeden Schlüssel hereingekommen war, verließ sie den Garten auch wieder. Von einem Moment auf den anderen war sie nicht mehr zu sehen.

Dann war es also kein Zufall, dass du an jenem Morgen, als ich dir zum ersten Mal begegnet bin, so ganz allein spazieren gingst!

Das Buch war schon alt und die Seiten vergilbt, doch die Buchstaben waren gut lesbar. Es handelte von einer Frau. Als sie zum Tode verurteilt wurde, stellte sie einen Kirschzweig in einen Trinknapf und erlebte, wie die Zweige kurz vor ihrer Hinrichtung aufblühten. Fest glaubte sie daran, dass das Leben – in einer anderen Form – weitergehen würde.

Plötzlich erinnerte ich mich an die Kirschzweige, die mein Patient mir bei einem seiner letzten Besuche in meiner Praxis mitgebracht hatte. Diese Kirschzweige hatte ich dann bei seiner Beerdigung auf das Grab gelegt. Damals war es nur eine nette Geste für mich gewesen – ihre wirkliche Bedeutung erfasste ich erst jetzt.

Ich nahm die Kirschzweige und lief zur Laube zurück. Beim Suchen nach einer Vase fiel mein Blick wieder auf das Foto der weißen Rose und plötzlich dachte ich an den letzten Brief, den ich noch nicht gelesen hatte. Mit zittrigen Fingern öffnete ich das Kuvert.

„Es ist der 17.02.1946. Wie durch ein Wunder darf ich nun unversehrt heimkehren. Wenn ich im Frühling wieder bei dir bin, möchte ich in unserem Garten eine weiße Rose pflanzen. Die Rose soll uns an den neuen Frieden erinnern und an die Mutigen, die Widerstand geleistet haben, auch wenn wir selbst nicht den Mut dafür aufgebracht haben. Das Leben soll wieder neu beginnen."

Beschämt dachte ich, dass man den Frieden oft als selbstverständlich hinnimmt und sich mit Missständen und Ungerechtigkeiten arrangiert. Aber so wie das wirklich Wesentliche oft verloren geht, kann man es auch jederzeit wiederfinden.

Die Botschaft

Ich musste wieder an meinen seltsamen Traum denken und ohne genau zu wissen, was ich tat, suchte ich nach einem Blatt Papier, das ich tatsächlich ebenso fand wie einen alten Füllfederhalter und ein Gläschen mit Tinte, die erstaunlicherweise noch nicht eingetrocknet war.
Andächtig nahm ich das Blatt und ließ meinen Gedanken freien Lauf:

„Lieber Erstentdecker des kleinen Prinzen!
Sie wünschten es sich, dass man sich bei Ihnen meldet, falls man den kleinen Prinz trifft. Mir ist Ihr kleiner Prinz tatsächlich begegnet. Ich war über diese Entdeckung sehr erstaunt und verwundert, aber sie stimmte mich überaus froh. In diesem Universum sind wir winzig klein, werden aber doch auf eine wundersame Weise, die ich nicht erklären kann, gesehen. Als der kleine Prinz Ihnen begegnete, war Krieg. Ihr Leben gestaltete sich unter ganz anderen Umständen als das meine. Inzwischen hat es eine lange Friedenszeit gegeben. Aber der Frieden ist etwas Kostbares. Wir Menschen sind dafür verantwortlich. Er ist nicht selbstverständlich. Ich bin sicher, wenn jeder Mensch sich für eine Rose verantwortlich fühlen würde, dann wäre die Welt ein wunderbarer Garten. Leider gibt es aber immer Men-

schen, die nicht mit Verantwortung umgehen können und ihre Macht missbrauchen. Und doch gibt es den Einzelnen, der seine Rose pflanzt und sich um sie kümmert. Er sollte uns ein Vorbild sein in seinem Handeln.

Beim Blick in den verschneiten Garten kamen mir Erinnerungen an die Vorweihnachtszeit meiner Kindheit, in der ich als Sieben- oder Achtjährige Wunschzettel schrieb. Mit vielen Rechtschreibfehlern hatte ich damals meine großen und kleinen Wünsche geäußert, teilweise noch dazu gemalt oder den Wunschzettel mit Bildern aus Spielzeugwerbeprospekten beklebt. Jedes Jahr war es aufs Neue spannend gewesen, was am Weihnachtsabend dann von den geäußerten Wünschen unter dem Baum zu finden war.

Bald werden wir das Weihnachtsfest feiern. Dieses Fest, das uns an Liebe und Frieden erinnert. Ich wünsche mir, dass der Frieden bleibt und wir Menschen Aussöhnung leben können.
Viele Grüße,
eine Unbekannte"

Nach dem Schreiben legte ich den Brief auf das Fenstersims der Laube. Und so wie in meiner Kindheit hoffte ich, dass mein Brief wie der einstige Wunschzettel gefunden und mitgenommen würde.

Versöhnung

Wenige Tage vor dem Weihnachtsfest, in der dunkelsten Nacht, fuhr ich an einem Nachmittag noch einmal in den Garten. Inzwischen hatte, wie fast jedes Jahr vor Weihnachten, Tauwetter eingesetzt. Der Rasen war feucht und ich musste mir mit festen Schuhen meinen Weg suchen.

Ich war gespannt, wie die Rose die vielen kalten Nächte vor dem Tauwetter überstanden hatte. Aber wie der kleine Prinz es verheißen hatte, entdeckte ich an dem veredelten Zweig ein kleines grünes Blatt. Ich staunte und begriff dieses Wunder immer noch nicht ganz. Mit dem Verstand konnte ich es mir nicht erklären. Aber mit diesem zarten Grün kam die Gewissheit, dass das Leben weitergehen würde. Der Brief auf dem Fenstersims war verschwunden. Irgendwie hatte ich auch nichts anderes erwartet.

„Die Menschen bei dir zu Hause“, sagte der kleine Prinz, „pflanzen fünftausend Rosen in ein und demselben Garten … und doch finden sie dort nicht, was sie suchen … Dabei könnten sie, was sie suchen, in einer einzigen Rose finden.“

In der Laube waren die Kirschzweige, die ich in eine Vase gestellt hatte, aufgeblüht. Fast frühlingshaft wirkte der Raum. Eine Weile saß ich vor den Kirschzweigen und erfreute mich an der außerordentlichen Blütenpracht mitten im Winter.

Immer noch lagen die Briefe, die ich gefunden hatte, auf dem Tisch. Ich dachte an den jungen Soldaten, der sie einst geschrieben hatte. Er war nach Hause zurückgekehrt und hatte in seinem Garten, diesem kleinen Stück Erde, Frieden gefunden. Neben all den Schrecken, die der Krieg mit sich gebracht hatte, gab es auch andere Kräfte. Sie bewahrten Soldaten beim Kampf und in der Gefangenschaft. Ich dachte, dass es neben allen destruktiven Kräften auch einen Schutzpatron im Leben geben musste. Mit einem letzten Blick auf das Foto der weißen Rose legte ich

Aber der Strauch hörte bald auf zu wachsen und begann, sich zum Blühen vorzubereiten.

sie behutsam in eine Kommode. Mir war klar geworden, dass das Leben und die Geschichte nie zu einem Stillstand kommen. Mit unseren Ansichten und Entscheidungen veränderten sich die Dinge weiter.
Später am Tag suchte ich eine Bibliothek auf und durchstöberte die Bücherregale. Viele bekannte und unbekannte Titel stachen mir ins Auge und ich blätterte stundenlang in dem einen oder anderen Buch. Wie viele Geschichten, die Bücher füllten! Ob ausgedacht oder wahr, stellten sie alle einen Versuch dar, etwas vom Leben einzufangen und lebendig zu halten. Alle diese Geschichten gaben nur einen kleinen Blickwinkel wieder, aber dieser konnte eine neue Sicht auf das eigene Leben schaffen.

Das, was du siehst, ist nur die äußere Hülle. Das Wichtigste ist unsichtbar ...

Die Geschichte oder die Geschichten von Menschen wurden zu Büchern, aber um manche Bücher entstanden auch neue Geschichten. Ihre Hauptfiguren blieben so lebendig im Bewusstsein ihrer Leser, dass sie davonliefen und sich in neuen Geschichten wiederfanden.
In der folgenden Nacht hatte ich wieder einen Traum: Ich stand im Vorraum einer prächtigen Kirche kurz vor dem Beginn des Weihnachtsgottesdienstes. Viele Menschen liefen an mir vorbei, hinein in das Kirchenschiff, doch ich blieb stehen, als ob ich auf jemanden warten würde. Plötzlich erschien der Mann aus meinem ersten Traum, der sich als Erstentdecker des kleinen Prinzen zu erkennen gegeben hatte, erneut. Aber er war nicht allein – neben ihm lief ein junger deutscher Soldat. Auch wenn ich nie ein Bild von ihm gesehen hatte, war ich mir sicher, dass er es gewesen war, der die weiße Rose pflanzte. Sie unterhielten

sich angeregt und keiner der beiden Männer schien verfeindet zu sein. Fast wirkten sie wie gute alte Freunde. Verwundert sah ich den beiden Männern nach. Da spürte ich eine Hand auf meiner Schulter. Es war Barbara. Sie legte ein kleines Holzkreuz in meine Hand und sagte: „In der Versöhnung ist Gott anwesend!"

Ich erwachte aus meinem Traum. Es war mitten in der Nacht und ein Stern schien besonders hell auf mein Bett. Und plötzlich lächelte ich bei dem Gedanken an den kleinen Prinzen und meine kleine Rose, deren Geheimnis und Geschichte ich jetzt gelüftet hatte.

„Ich bin dumm gewesen", bekannte sie schließlich. „Ich bitte dich um Verzeihung."

Nachwort

Barbara von Nikomedien (griechisch Βαρβάρα „die Fremde“) ist als Heilige in allen christlichen Kirchen bekannt. Als eine der 14 Nothelfer wird sie besonders zum Schutz vor jähem Tod und als Beistand der Sterbenden angerufen. Außerdem ist sie unter anderem Patronin der Artilleristen, also der Soldaten. Sie wurde wegen ihres Glaubens verfolgt und schließlich als Märtyrerin getötet.

Um sie herum existieren einige Legenden. So soll sie auf dem Weg ins Gefängnis an einem Zweig hängen geblieben sein, den sie abbrach und ins Wasser stellte. Dieser blühte genau an dem Tag auf, an dem sie zum Tode verurteilt wurde. Diese Legende führte zu dem weitverbreiteten Brauch, am 4. Dezember Zweige von Obstbäumen abzuschneiden, die dann um das Weihnachtsfest aufblühen. Die aufgeblühten Kirschzweige am Weihnachtsfest erinnern an die Kraft im Leben, die immer wieder aufbricht. Auch in Zeiten des Stillstandes, der Resignation und der Perspektivlosigkeit kann das Leben wieder neu erblühen.

Gerade am Weihnachtsfest verdeutlichen diese Zweige, dass Gott mit seiner verändernden Kraft in unsere Welt gekommen ist und das Leben zum Aufbruch führt. Das Weihnachtsfest erinnert an das Kommen Jesu Christi in diese Welt. Unzählige Geschichten erzählen, wie Jesus Christus sich dem Einzelnen zuwandte und dessen Leid verwandelte. Nachfolger wie die heilige Barbara oder Exupéry, aber auch die Mitglieder der Widerstandsgruppe „Die weiße Rose“ nahmen sich Jesus Christus in ihren Werten als Vorbild und setzten ihr Leben ein, weil sie ihren Überzeugungen treu blieben. Jesus betont, wie wichtig auch die vermeintlich kleinen Dinge im Leben sind:

„Nur wer in den kleinsten Dingen treu ist, wird es auch im Großen sein.“ (Lk 16,10)

Der kleine Prinz interessiert sich in dieser Geschichte für die weiße Rose – mag sie auch zart, klein und unbedeutend erscheinen. Doch diese Rose steht für so viel mehr. Nicht zuletzt symbolisiert die weiße Rose auch den Widerstand in der NS-Diktatur, der zwar sehr schwach war, aber in einigen wenigen Mutigen vorhanden. Auch in den ersten zarten Anfängen der Friedensbemühungen nach dem 2. Weltkrieg kann man etwas von der weißen Rose erkennen, die uns daran erinnert, wie verletzlich und kostbar der Frieden ist. Durch den kleinen Prinzen können wir lernen, welche Bedeutung es haben kann, sich im Leben verantwortungsbewusst um kleine Dinge zu kümmern. Letztendlich kann sich durch diese Haltung eine Gesellschaft verändern. Und so gilt für uns alle, was ein afrikanisches Sprichwort sagt:

Viele kleine Leute in vielen kleinen Orten, die viele kleine Dinge tun, können das Gesicht der Welt verändern.

Bibliografische Information der Deutschen Nationalbibliothek
Die Deutsche Nationalbibliothek verzeichnet diese Publikation in der Deutschen Nationalbibliografie;
detaillierte bibliografische Daten sind im Internet unter http://dnb.d-nb.de abrufbar.

Bildnachweis
Cover und Innenbilder: Antoine de Saint-Exupéry
Kapitelanfänge: © tina bits/Fotolia.de

Besuchen Sie uns im Internet unter:
www.st-benno.de

Gern informieren wir Sie unverbindlich und aktuell auch in unserem Newsletter zum Verlagsprogramm, zu Neuerscheinungen und Aktionen. Einfach anmelden unter www.st-benno.de

ISBN 978-3-7462-5584-2

Covergestaltung: BIRQ DESIGN, Dresden
Gesamtherstellung: Kontext, Dresden (A)